アミとミアのプリンセス・ドレス

かがみの国《くに》のときめきジュエル

文／和田 奈津子
絵／七海喜 つゆり

KADOKAWA

まほうのかがみがつながって、
アミと**ミア**は出会《であ》ったの。
おしゃれでかわいいドレスが
大《だい》すきなふたりは、
たんじょう日《び》もいっしょ！
これって、うんめいだよね！

かがみの国《くに》で、**どきどきのぼうけん**が
はじまるよ！
ふたりの勇気《ゆうき》とゆうじょうで
みんなが笑顔《えがお》で
しあわせになるドレスを作《つく》るから
いっしょに見《み》にいこう！

アミ

おしゃれなドレスの
絵《え》をかくのが大《だい》すき。
夢《ゆめ》はファッション
デザイナーに
なること。

ミア

かがみの国《くに》の
プリンセス。
おさいほうがとくいで、
どんなものでも
作《つく》れちゃう！

ミアのアシスタントたち

ミアがドレスを作《つく》るときに、
お手伝《てつだ》いをしてくれる。
かわいい動物《どうぶつ》たち。

ミアのお父《とう》さま

ミアのことを
やさしく見《み》まもって
くれる。

ミアのお母《かあ》さま

かがみの国《くに》の
女王《じょおう》さま。

1 アミのおしゃれノート

　アミはおしゃれが大《だい》すきな
女《おんな》の子《こ》。
夢《ゆめ》はファッションデザイナーに
なることです。
これはアミの
『ひみつのおしゃれノート』。
　ここには、アミがデザインした
ドレスの絵《え》が数《かぞ》えきれないくらい
たくさんかいてあるのです。

「もうすぐわたしの十才《じゅっさい》のたんじょう日《び》。
そうだ！　たんじょう日《び》のドレスをデザインしてみよう」

ワクワクしながらアミは新《あたら》しいページをひらきます。
「色《いろ》はいちばんすきなピンク!
スカートは短《みじか》くてリボンがいっぱい!」
アミは少《すこ》し考《かんが》えて「でも……」
かきかけのドレスを消《け》してしまいました。
「このドレスがにあうのは、
きっと元気《げんき》で明《あか》るい女《おんな》の子《こ》」
そう、アミははずかしがり屋《や》で
ちょっぴりひっこみじあんの

女《おんな》の子《こ》だったのです。
「わたしににあうのは、
どんなドレスかな？」
色《いろ》はしずかでやさしい水色《みずいろ》、
スカートはふんわり
ふくらんでいて……。
かきあがったのは
プリンセスが着《き》るような
きれいなドレスでした。

つぎの日《ひ》、アミはドレスを着《き》た自分《じぶん》をそうぞうし、
かがみの前《まえ》に立《た》ってびっくり！
だってそこには、きのうアミがデザインしたばかりの
ドレスを着《き》た、アミそっくりの女《おんな》の子《こ》が
うつっていたのです。
「アミ、わたしをたすけて」

女《おんな》の子《こ》はそう言《い》うと、アミの手《て》をとり、
かがみの中《なか》にまねき入《い》れました。

2 かがみの国《くに》のプリンセス

「ようこそ、
わたしのドレスショップへ」
「あなたはだれ？」
「わたしはミア。
かがみの国《くに》のプリンセスです。
おねがいしたいことがあって、
アミをここに呼《よ》んだんです」
ミアはしんけんな顔《かお》で
言《い》いました。

「アミ、わたしのドレスショップのデザイナーさんになってください」

「え!? わたしはドレスの絵《え》をかくのがすきなだけ。デザイナーさんになんてなれないよ」

「そんなことありません!」

にげ出《だ》そうとするアミの手《て》をミアがにぎります。

「わたしはアミのデザインするドレスが大《だい》すき。
その中《なか》でも、このドレスは本当《ほんとう》にすてき」
ミアはそう言《い》って、
クルリとまわってみせました。

スカートがふわりとふくらみ、
スパンコールがキラキラと光《ひか》ります。

「どうしても着《き》てみたくなっちゃって、作《つく》ったの」

アミはおどろいてミアを見《み》つめます。

「ミアはドレスが作《つく》れるの？」

「ええ。わたしはおさいほうが大《だい》とくい。

それに、たよれるアシスタントが手伝《てつだ》ってくれるの。

ほら、見《み》て」

ミアがとなりの部屋《へや》のドアをあけると、

そこはドレスを作《つく》るアトリエでした。

ハリネズミに、ねこ、ウサギ……たくさんの小《ちい》さな動物《どうぶつ》たちがいそがしそうにはたらいています。

「あなたがデザイナーのアミさまですね」

「お会《あ》いできてこうえいです」

動物《どうぶつ》たちは大《おお》さわぎでアミをとりかこみました。

アトリエのおくには大《おお》きなクロゼットがありました。

「これはまほうのクロゼットなの。

ドレスにあわせてアクセサリーでもくつでも

ハンドバッグでも、なんでもとり出《だ》すことができるのよ」
ミアはちょっととくいそうに言《い》いました。
「お客《きゃく》さまひとりひとりにあわせてドレスを作《つく》る。
オーダーメイドのドレスショップを開《ひら》くのがわたしの夢《ゆめ》なの」
「うわあ、なんてすてきなの」
「でもね、このお店《みせ》はまだじゅんび中《ちゅう》なの。
開店《かいてん》できないかもしれないの」
ミアがしょんぼりとうつむきます。
「こんなにすてきなお店《みせ》なのに、

開店《かいてん》できないってどういうこと？」

「それはね」

ミアは、これまでのことをはなしはじめました。

オーダーメイドって、しってる？

ミアが開《ひら》くお店《みせ》は、オーダーメイドのドレス屋《や》さん。
オーダーメイドというのは、お客《きゃく》さまから
注文《ちゅうもん》をもらって、デザインもサイズもその人《ひと》に
ぴったりな世界《せかい》でひとつだけのものを作《つく》ることです。

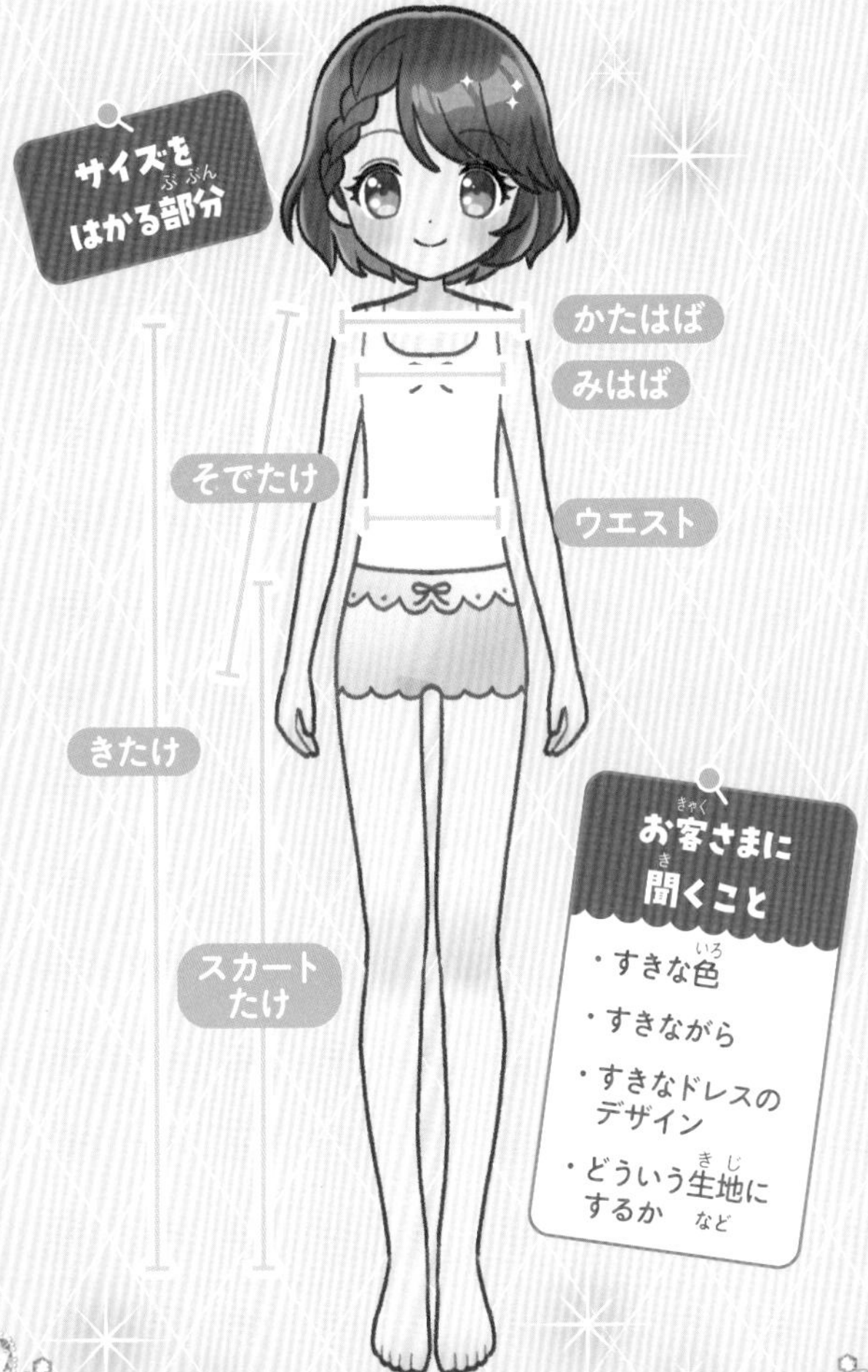

サイズをはかる部分《ぶぶん》
かたはば
みはば
そでたけ
ウエスト
きたけ
スカートたけ
お客《きゃく》さまに聞《き》くこと
・すきな色《いろ》
・すきながら
・すきなドレスのデザイン
・どういう生地《きじ》にするか　など

3 プリンセスのおしごと

かがみの国《くに》のプリンセスには
大切《たいせつ》なやくめがありました。
それは、自分《じぶん》のすきなことを
しごとにして、
人《ひと》びとをしあわせにすること。
「十才《じゅっさい》になるとプリンセスは
自分《じぶん》のしごとを
えらぶことができるの」
歌《うた》をうたったり、

花《はな》をそだてたり、絵《え》をかいたり。
大《おお》むかしから、プリンセスたちはそうやって
人《ひと》びとをしあわせにしてきたのです。
「だから、わたしは
ドレスショップを開《ひら》こうと思《おも》ったの」
ミアははりきって町《まち》のはずれに
このお店《みせ》をじゅんびしました。
けれど、かがみの国《くに》の女王《じょおう》さまである
お母《かあ》さまは大《だい》はんたい。

「ドレスショップですって？
ミアにできるとは思《おも》えないわ」
「どうして？　わたしは
おしゃれが大《だい》すきだし、
おさいほうも大《だい》とくい。
きっとすてきなドレスを
作《つく》れるわ」
「それだけではむり。
大切《たいせつ》なものが足《た》りません」

「何《なに》が足《た》りないの？
どうしたらいいの？」
ミアをたすけてくれたのはお父《とう》さまでした。
「ミアにチャンスをあげたらどうだろう。
まずはミアが自分《じぶん》のためにドレスを作《つく》ってみるのさ」
女王《じょおう》さまはしばらく考《かんが》えてからうなずきました。
「それでは十才《じゅっさい》のたんじょう日《び》までに、
ミアにぴったりのドレスを作《つく》ってごらんなさい」
ミアのたんじょう日《び》は次《つぎ》の満月《まんげつ》の日《ひ》。

「その日《ひ》の夜《よる》にお城《しろ》でダンスパーティをひらきましょう。
そこにあなたの作《つく》ったドレスを着《き》ていらっしゃい」
そう言《い》って女王《じょおう》さまはミアに
まほうのかがみをプレゼントしてくれました。
「かがみに向《む》かって〝ミラミラミラクルかがやけかがみ〟と
となえてごらんなさい。
自分《じぶん》にぴったりのドレスを着《き》た人《ひと》がうつれば、
かがみはキラキラとかがやきます。
そんなキラキラドレスを作《つく》れたら、

ミアがドレス屋《や》さんになることをおうえんしましょう」

その日《ひ》から、ミアはいくつもドレスを作《つく》ってみました。

でも、かがみは、いっこうにかがやきません。

「いったいどうしたらいいのかな……」

ミアは、ふとかがみにほられたふしぎな文字《もじ》に
気《き》がつきました。
「なんだろう？　〝クルクルミラクルひらけよとびら〟」
ミアがつぶやいたしゅんかん、かがみがクルンとまわって
アミの部屋《へや》があらわれました。
まほうのかがみはアミの部屋《へや》にあるかがみと
つながっていたのです！
アミの部屋《へや》におかれていたのは『ひみつのおしゃれノート』。
たんじょう日《び》のドレスのデザイン画《が》が

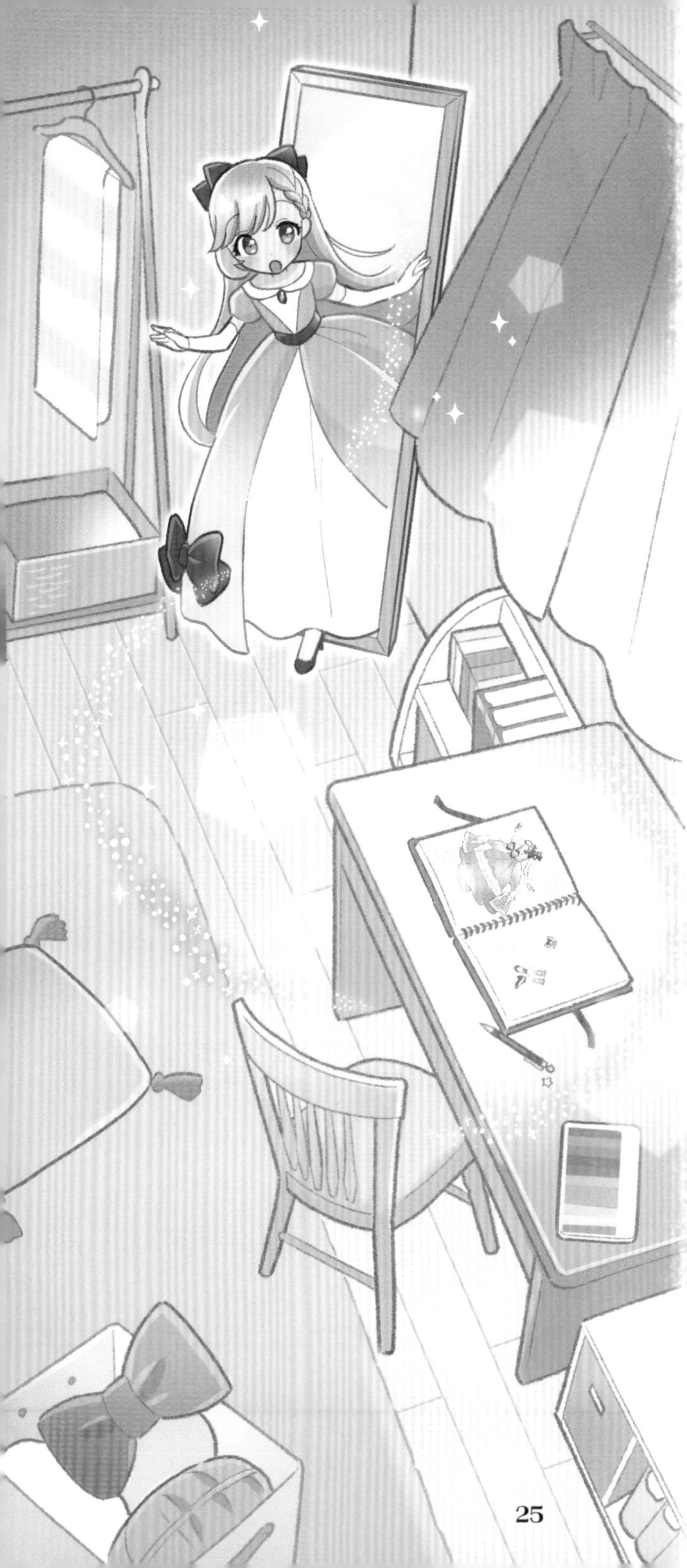

かかれたページがひらいたままになっています。
「すてきなドレス！　そうだ！　これをデザインした人《ひと》に

わたしのドレスショップのデザイナーになってもらおう！」

「つまり、それがわたし？　むり、むり、できないよ」

にげ出《だ》そうとするアミの手《て》を、ミアがつかまえます。

「アミ、おねがい。わたし夢《ゆめ》をあきらめたくないの」

しんけんなミアの目《め》を見《み》ていたら、
アミはにげ出《だ》そうとした自分《じぶん》がはずかしくなってきました。

「ミアってすごい。わたしはいつもこわくて、にげて
ばっかり。わたしもミアみたいにゆうかんになりたい」

アミは小《ちい》さな声《こえ》で、でもはっきりと言《い》いました。

「あのね、わたしの夢《ゆめ》もデザイナーになることなの。わたし、ミアといっしょにがんばってみるよ」

「ありがとう、アミ！」

ふたりはギュッと手《て》をにぎりあいました。

4 キラキラドレスを作《つく》ろう

そうと決《き》まったら、まずはミアのドレスを作《つく》らなくてはなりません。

「勇気《ゆうき》があって、強《つよ》くて、元気《げんき》で明《あか》るい、おしゃれが大《だい》すきなプリンセスににあうドレス」

アミはさっそく『ひみつのおしゃれノート』にドレスのデザインをかきはじめます。

「色《いろ》はピンク！　スカートは短《みじか》くて
リボンがいっぱい……できた！」
それは、きのうアミがかきかけて
消《け》したドレスでした。
「さあ、次《つぎ》はわたしのでばん」
かた紙《がみ》を作《つく》り、布《ぬの》を切《き》って、
ミシンをかけて……
ミアが手《て》ぎわよくドレスを
作《つく》っていきます。

もちろんアシスタントたちも
大《だい》かつやくです。
「すてき！
こんなかわいいドレス
見《み》たことない！」
　できあがったドレスを見《み》て
アミは声《こえ》をあげました。
「これでわたしたち
パーティに行《い》けるわね」

「わたしたち？」

「もちろんアミもパーティに行《い》くのよ。

アミのドレスはとっくにできあがっているし」

ミアはわらって、水色《みずいろ》のドレスをゆびさしました。

「ミアのドレス、すごくかわいい！」
「アミのドレスも、とってもきれい！」
　ドレスにきがえたふたりは
おたがいのすがたをうっとりと見《み》つめます。

「すてき、すてき！」

アシスタントたちも大《おお》よろこびです。


さあ、いよいよです。

ふたりはドキドキしながらかがみの前《まえ》に立《た》ちました。

「ミラミラミラクルかがやけかがみ」

……………何《なに》もおこりません。

「あれ、おかしいな、もういちど」

「ミラミラミラクルかがやけかがみ」

何度《なんど》やっても同《おな》じです。

「どうして……」

ふたりはがっかりして泣《な》きたくなりました。

「まだ何《なに》か足《た》りないんだわ」

「でも、何《なに》かって？」

そのとき、ドアをノックする音《おと》がして

ミアのお父《とう》さまが入《はい》ってきました。

「おや、この方《かた》はどなたかな？」

「お父《とう》さま、こちらはアミ。ドレスのデザイナーなの」

ミアがアミをしょうかいすると、
お父《とう》さまは感心《かんしん》したようにうなずきました。
「なるほど、ふたりが着《き》ているドレスも
アミさんがデザインしたものですな。これはすばらしい」
「あ、ありがとうございます」
アミはドギマギして
頭《あたま》を下《さ》げます。
「あの、あの、
でも、ダメなんです」

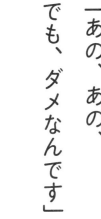

「ダメとは、どういうことかな？」

「まほうのかがみがかがやかないの」

ミアが悲《かな》しそうにこたえます。

「まだ、何《なに》かが足《た》りないみたいなの」

お父《とう》さまは、しばらく考《かんが》えていました。

「森《もり》のおくのどうくつに、夢《ゆめ》のようにうつくしい**虹色《にじいろ》の宝石《ほうせき》**がかくされているという伝説《でんせつ》があるが……」

「それをさがしに行《い》こう！

その宝石《ほうせき》をドレスにつけるのよ」

「だが、森《もり》は深《ふか》くて暗《くら》い。きけんも多《おお》い」

「ふたりいっしょならだいじょうぶ！」

アミとミアは声《こえ》をあわせて言《い》いました。

5
ひみつの宝石《ほうせき》をさがしに

ミアのドレスショップは
町《まち》のはずれの古《ふる》い通《とお》りにありました。
町《まち》のまん中《なか》の丘《おか》の上《うえ》には
かがみの国《くに》のお城《しろ》がたっていて、
お城《しろ》とはんたいがわに
進《すす》んでいくと野原《のはら》が広《ひろ》がっています。
野原《のはら》をぬけて、小《ちい》さな橋《はし》を
わたったら、
そこが森《もり》の入《い》り口《ぐち》です。

リュックサックににもつをつめ込《こ》んで、
ふたりは森《もり》をめざして歩《ある》き出《だ》しました。
ピチュピチュピチュ。小鳥《ことり》の声《こえ》がきこえ、
木《こ》もれ日《び》が光《ひか》り、足《あし》もとには色《いろ》とりどりの花《はな》がさいています。
「なんだかピクニックに行《い》くみたいな道《みち》だね」
けれど、しばらく行《い》くと道《みち》はとぎれてしまいました。
「どうしよう、行《い》き止《ど》まりだよ」
「お父《とう》さまは、森《もり》の中《なか》をひたすら
まっすぐ進《すす》んでいくようにと言《い》っていたけど……」

とぎれた道《みち》の先《さき》は
切《き》り立《た》ったがけです。
「あのがけをのぼるしか
ないみたい」
「で、できるかな」
「やるしかないよ」
太《ふと》いツタをにぎりしめ、
ふたりはがけを
のぼりはじめました。

服《ふく》は泥《どろ》だらけ、手《て》もすりむけて痛《いた》くなってきます。

「アミ、あともう少《すこ》しだよ。がんばろう！」

ミアがアミに声《こえ》をかけたとき、
つよい風《かぜ》がふき、ミアは足《あし》をすべらせました。

「きゃあ！」

ミアがさけびます。

「あぶない！」

すべり落《お》ちるミアの手《て》をアミがつかまえます。

重《おも》たい！　でも、ここで手《て》をはなすわけにはいきません。

「ミア、しっかりつかまって！」

「うん！　アミ、だいじょうぶ？」

「だいじょうぶ。ぜったいに手《て》をはなさないで」
アミは全身《ぜんしん》の力《ちから》をふりしぼってミアをひき上《あ》げます。
「あとひといき！」
岩《いわ》に足《あし》をかけ、木《き》の根《ね》につかまり、
ふたりはなんとかがけをよじのぼりました。
「ふわああ、やったあ」
ふたりはヘナヘナと
その場《ば》にすわりこみ、
それから顔《かお》を見《み》あわせ

笑《わら》い出《だ》しました。

「アミの顔《かお》、泥《どろ》だらけ」

「ミアだって、かみの毛《け》にはっぱがたくさん」

「たすけてくれてありがとう」

「ここまで来《く》れば、きっとあと少《すこ》しだよ」

元気《げんき》よく立《た》ちあがって、ふたりはまた歩《ある》き出《だ》しました。

6 森《もり》のモンスター

がけの上《うえ》は、うっそうとした暗《くら》い森《もり》でした。足《あし》もとには岩《いわ》がゴロゴロところがり、小鳥《ことり》の声《こえ》もきこえません。

「なんだかぶきみなところだね」

キョロキョロとあたりを見《み》まわしながら、ふたりは進《すす》んでいきました。

けれど、いつまで歩《ある》いても

どうくつにはたどりつきません。

「本当《ほんとう》にこの道《みち》であっているのかな……」

不安《ふあん》になってきたとき、木々《きぎ》の向《む》こうにまっくらな穴《あな》が
口《くち》をあけているのが見《み》えてきました。

「あれがどうくつの入《い》り口《ぐち》じゃない？」

そのときです。

「グワアアアァァ!!」

とつぜん、地面《じめん》がゆれるほどのほえ声《ごえ》がひびき、
ツノのはえた巨大《きょだい》なかげがあらわれたのです。

「だれだぁ。何《なに》しにきた！」

「きゃあああ！」

「モンスターよ！　アミ、にげよう」

ミアはアミの手《て》をつかみ、今《いま》きた方《ほう》へ走《はし》り出《だ》します。

「でも！」

アミは立《た》ち止《ど》まりました。

ここでにげたらドレスショップを開店《かいてん》することはできません。

アミはありったけの勇気《ゆうき》をふりしぼり、声《こえ》のする方《ほう》へ向《む》かってとび出《だ》しました。

「わあ、来《く》るなあ」
バラバラと石《いし》がとんできます。
「アミ、あぶない。早《はや》くにげて」
けれど、アミはにげようとせず、
どうくつの入《い》り口《ぐち》に立《た》ちはだかり
大《おお》きな声《こえ》で言《い》いました。
「わたしたち、虹色《にじいろ》の宝石《ほうせき》を
さがしているんです。
どうしても、それがひつようなの」

ミアはびっくりしてアミを見《み》つめました。

「アミってすごい。なんて勇気《ゆうき》があるの」

そのとき、ミアがハッとして息《いき》をのみました。

「アミ、耳《みみ》をすましてみて」

「いやだよおお。ぼくはきれいなもの、他《ほか》にもってないんだから。宝石《ほうせき》はだれにもあげないよおおおん」

モンスターの声《こえ》がふるえているのです。

「このモンスター泣《な》いているんだわ」

「行《い》ってみよう」

アミとミアはどうくつの中《なか》に入《はい》っていきました。

そこにいたのは、ドロドロによごれた毛《け》むくじゃらの体《からだ》に灰色《はいいろ》のツノをはやし、炎《ほのお》のようなまっかな目《め》をした、けれど、とても小《ちい》さな子《こ》どものモンスターでした。

ミアはモンスターの前《まえ》にしゃがみ、やさしくはなしかけました。

「どうしたの？　なんで泣《な》いているの？」

モンスターはびっくりして
ミアを見《み》つめます。
「だって、だって、
ぼくはこんなにみにくいんだもの」
モンスターの目《め》から
ポロポロと涙《なみだ》がこぼれます。
「ぼくはかわいいものが大《だい》すきなのに」
「まあ、あなたはとっても
かわいいわよ」

モンスターの目《め》がまんまるに
なりました。

「ぼくがかわいい？」

「ええ、そのツノも毛皮《けがわ》も
とってもすてき」

「すてき？

ぼくにもかわいい服《ふく》がにあう？」

「もちろん！」

ふたりは大《おお》きくうなずきました。

「あなたはかわいい服《ふく》を着《き》たいの?」
「うん、ぼく、おしゃれが大《だい》すき」
「それじゃあ、あなたは
わたしたちのお客《きゃく》さまだわ!」
「お客《きゃく》さま?」
「ええ、**わたしたち**
オーダーメイドの
ドレスショップを開《ひら》くの!」
アミとミアは声《こえ》をそろえて言《い》いました。

7

“大《だい》すき”をおしえて

「ぼく、ジュエルっていうんだ」

モンスターは言《い》いました。

「ジュエル、まずはそのドロドロを洗《あら》わなくちゃね」

アミとミアがジュエルを泉《いずみ》につれていきゴシゴシと洗《あら》うと、まっくろな泥《どろ》やコケの下《した》からフワフワの虹色《にじいろ》の毛皮《けがわ》があらわれました。

泣《な》きすぎて赤《あか》くなっていた目《め》は明《あか》るい空色《そらいろ》、
ツノと爪《つめ》は色《いろ》とりどりの
宝石《ほうせき》のようです。
「なんてきれいなの！」
ほめられて、
ジュエルのほっぺたが
ピンク色《いろ》にそまりました。
さあ、いよいよふたりの
うでの見《み》せどころです。

「ジュエルにはどんなおしゃれがにあうかな。かっこいい王子《おうじ》さまみたいな服《ふく》がいいかしら」

アミが『ひみつのおしゃれノート』をとり出《だ》したとき、ミアが言《い》いました。

「まって。まずは、ジュエルのはなしをきかなくちゃ」

ミアはやさしくたずねます。

「ジュエルのすきなものは何《なに》？　どんなふうになりたい？」

ジュエルははずかしそうにモジモジして、小《ちい》さな声《こえ》でこたえます。

「あのね、ぼくは
かわいいものが大《だい》すき。
お花《はな》やお星《ほし》さまが大《だい》すき。
大《おお》きなリボンやベールも
つけてみたい。
それで、ちょうちょや小鳥《ことり》たちと
お友《とも》だちになりたいの。
でも……」
ジュエルは悲《かな》しそうにうつむきました。

「ぼくはモンスターでしょ。

モンスターはこわいものだから。かわいいのはにあわない」

「そんなことだれが決《き》めたの！」

アミとミアは大《おお》きな声《こえ》で言《い》いました。

「ジュエルはとってもすてきなモンスターだよ。

かわいいおしゃれもきっとよくにあうよ」

「ほんとに？」

「もちろん！　わたしにまかせて」

アミはジュエルのためのデザイン画《が》を

かきながらつぶやきました。

「ミアがジュエルのはなしをきいてくれなかったら、わたし、まちがえちゃうところだったな。ミアってすごい」

でも、どんなにすてきなデザインができても、森《もり》にはアトリエも、まほうのクロゼットもありません。だいじょうぶでしょうか。

「ここからはわたしにまかせて！」
ミアはリュックから
おさいほう道具《どうぐ》をとり出《だ》し
スカーフをチョキチョキと
切《き》りはじめました。
「ジュエル、お花《はな》を
あつめてきてくれる？」
野《の》の花《はな》をスカーフに
ぬいつけて、きれいな

ベールができました。
　ボタンをつないだ
ネックレスも完成《かんせい》です。
「ティアラはどうしよう」
「そうだ、ぼくの宝石《ほうせき》を使《つか》ってよ！」
　どうくつのおくにあんないされたふたりは
「わあ」と声《こえ》を上《あ》げました。
そこは、色《いろ》とりどりの宝石《ほうせき》がびっしりかくされた
ひみつの場所《ばしょ》だったのです。

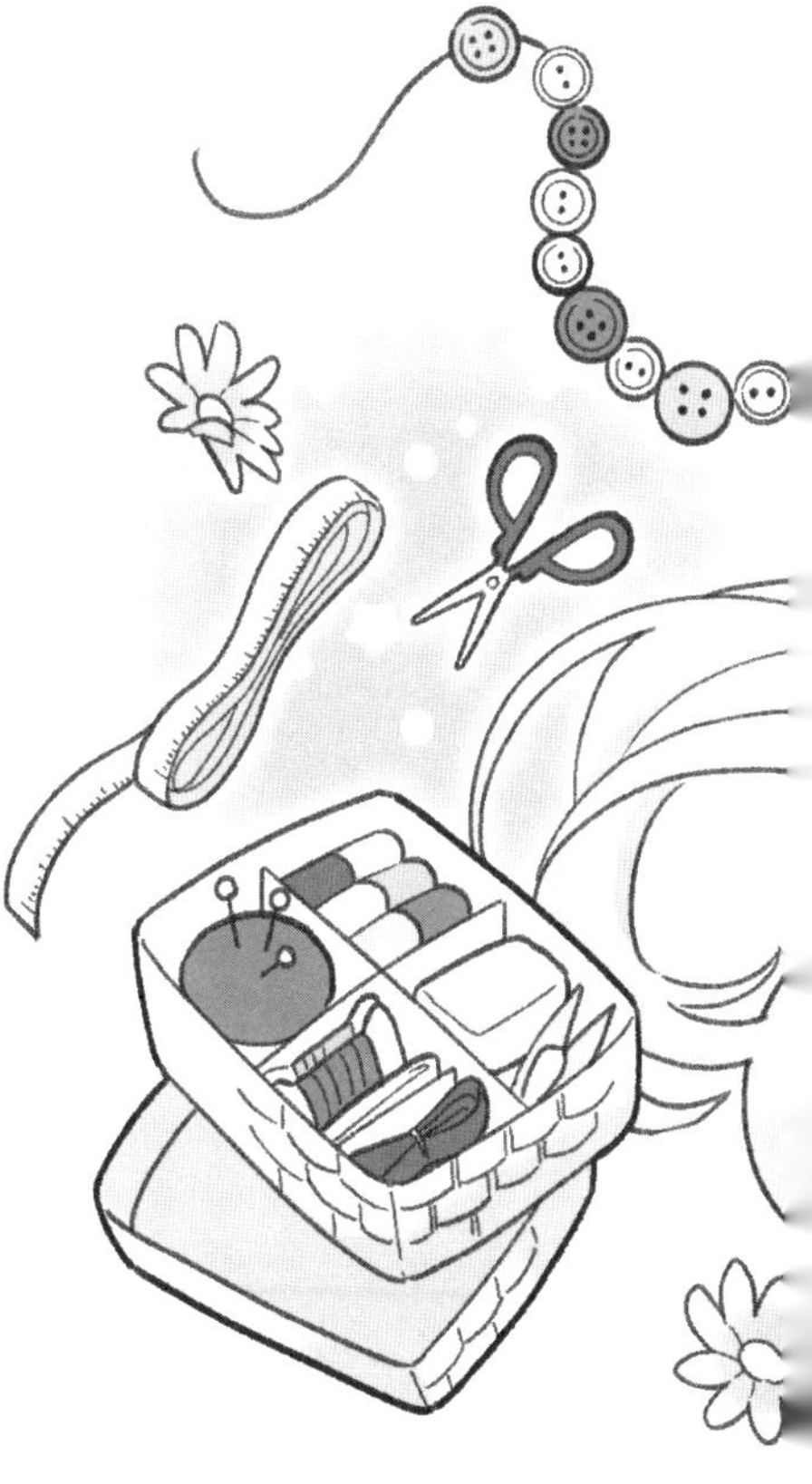

きほんの おさいほうセット

これさえあれば、いますぐおさいほうをはじめられるセット！
どんなデザインのどんなものを作《つく》りたい？

はり
なんでもぬっちゃう！

メジャー
サイズをはかるときにべんり

たちばさみ
布《ぬの》を切《き》るはさみ

糸《いと》切《き》りばさみ
糸《いと》を切《き》るはさみ

まちばり
布《ぬの》をとめてぬいやすくするよ

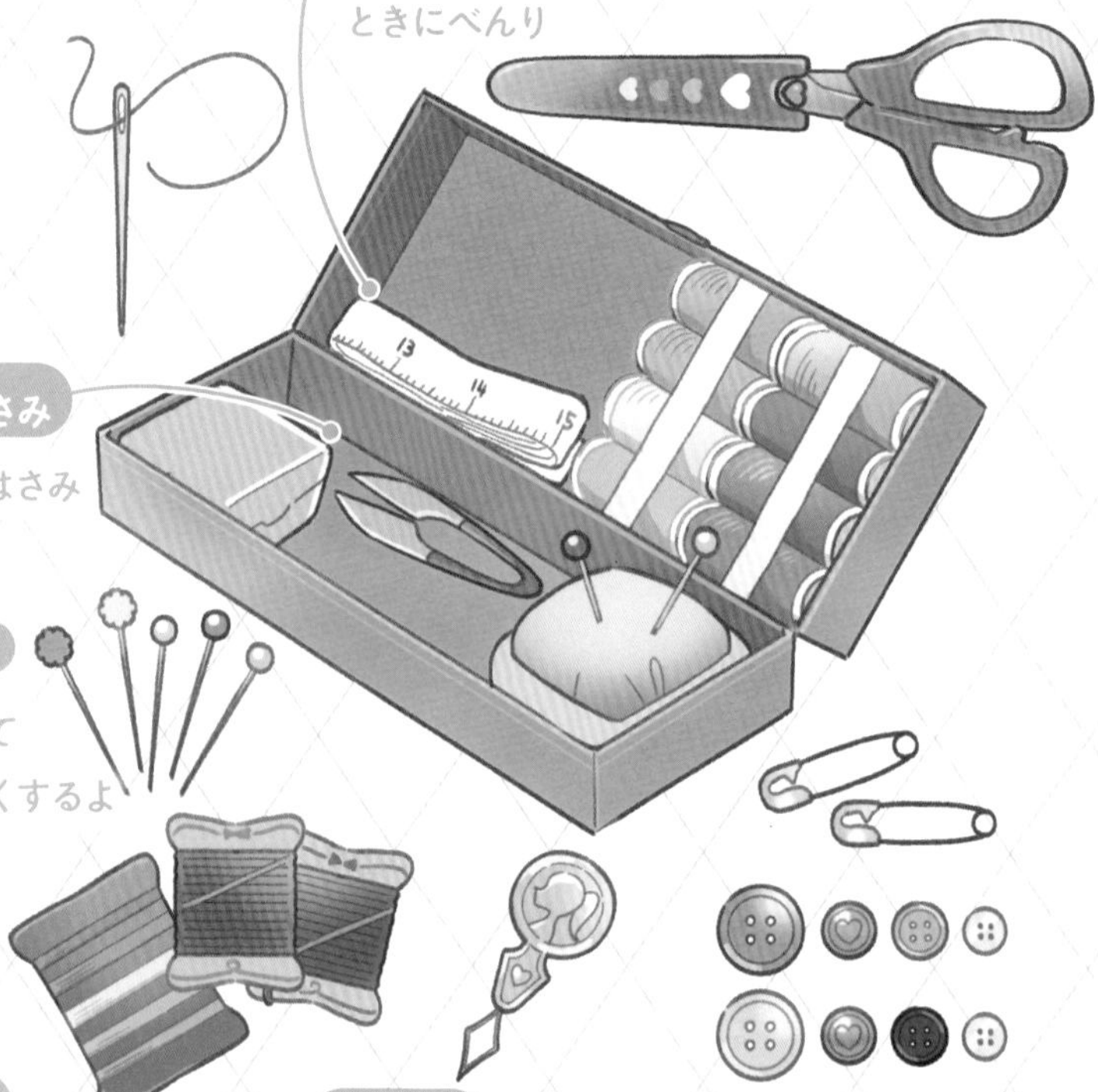

糸《いと》
ぬう布《ぬの》にあわせて色《いろ》をえらぶよ

糸《いと》とおし
はりに糸《いと》をとおすときに使《つか》うよ

あんぜんピン、ボタン
布《ぬの》どうしをとめるときに使《つか》うよ

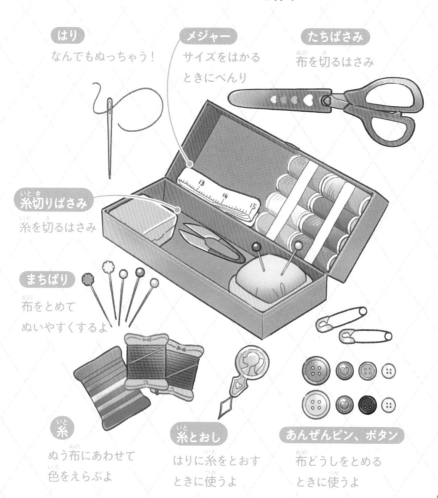

ダイヤモンド、ルビー、
エメラルドにサファイヤ、しんじゅ……
くらやみの中《なか》で、そこだけがぼうっと
明《あか》るく光《ひか》っています。
「七色《なないろ》の宝石《ほうせき》をあつめて虹《にじ》のティアラを作《つく》ろうよ」
花《はな》でかざられたベールに、
宝石《ほうせき》がきらめくティアラをかぶった
ジュエルのかわいらしいことといったら！
「これが、ぼく？」

ジュエルは、水面《すいめん》にうつった自分《じぶん》のすがたを見《み》て、おひさまのように笑《わら》いました。

「なんてかわいいの！　なんてすてきなの！」

ジュエルは、ジュエルのこと大《だい》すきだ」

泉《いずみ》にうつるジュエルは、宝石《ほうせき》のようにキラキラかがやいて見《み》えました。

「ぼく、もうちっとも悲《かな》しくないよ。

宝石《ほうせき》はぜんぶきみたちにあげる」

　アミとミアは、おたがいの目《め》をじっと見《み》つめ、相手《あいて》が自分《じぶん》と同《おな》じことを考《かんが》えているのが分《わ》かりました。

「宝石《ほうせき》はひつようないみたい。だってわたしたち、もう、大切《たいせつ》なものを見《み》つけたから」

「でも……」

　ジュエルがくびをふりました。

「きみたちはドレス屋《や》さんでしょ。ぼくはお客《きゃく》さまだからお礼《れい》をしなくちゃ。

そうだ、これをあげる」

　ジュエルは、どうくつのおくから泥《どろ》だらけの石《いし》ころをさがし出《だ》してきて、ふたりに手《て》わたしました。

「ぼくのいちばんの宝物《たからもの》だよ。これを見《み》て、ぼくのことを思《おも》い出《だ》して」

「ありがとう。大切《たいせつ》にするね」

「きっとまたあそびにきてね」

「もちろん。わたしたち友《とも》だちだもん」

「友《とも》だち！　うん、やくそくだね」

8

アミのドレス、ミアのドレス

お店《みせ》に帰《かえ》ってきたふたりは、
リュックの中《なか》で何《なに》かが
光《ひか》っていることに気《き》づきました。

「ジュエルにもらった石《いし》が
光《ひか》っているんだわ」

ミアが泥《どろ》を落《お》とすと、
虹色《にじいろ》の宝石《ほうせき》があらわれました。

「きれい！」

アミとミアが手《て》をのばすと、

パカン！　宝石《ほうせき》はふたりの手《て》のひらの上《うえ》で
くっきりふたつにわれたのです。
「この宝石《ほうせき》、なんだかジュエルににてる」
「**そうだ！　これをドレスにつけようよ**」
ミアが虹色《にじいろ》の宝石《ほうせき》をぬいつけて、
ふたりはドレスにそでを通《とお》しました。
アミがえらんだのはピンクの、
ミアがえらんだのは水色《みずいろ》のドレスです。
「ミアにデザインしたピンクのドレス、

本当《ほんとう》はわたしが着《き》たかったドレスなの。
でも、はずかしがり屋《や》でおくびょうな自分《じぶん》には
にあわないって思《おも》っていた」
「ひとめ見《み》たときからこのドレスが大好《だいす》きだったの。
でも、アミのたんじょう日《び》のドレスだと思《おも》ったから
言《い》えなかった」
お気《き》に入《い》りのドレスにきがえたおたがいのすがたを見《み》て、
ふたりは笑顔《えがお》になりました。

「勇気《ゆうき》があって、強《つよ》くて元気《げんき》で明《あか》るい、
おしゃれが大《だい》すきな女《おんな》の子《こ》。
ピンクのドレスはアミにぴったり！」
「この水色《みずいろ》のドレス、
モンスターの泣《な》き声《ごえ》に気《き》づくことができる
やさしくて強《つよ》いプリンセスによくにあう！
ミアのおかげで、わたしはドレスを着《き》る人《ひと》の声《こえ》に
耳《みみ》をすますま大切《たいせつ》さに気《き》づけたんだよ」
さあ、いよいよまほうのかがみの出番《でばん》です。

「ゴクリ」
ふたりはかたずをのみます。
「ミラミラミラクルかがやけかがみ」
アミとミアをうつしたまほうのかがみは、
おひさまみたいにまぶしくかがやきはじめました。
ジュエルにもらった虹色《にじいろ》の宝石《ほうせき》も
ウィンクするみたいにキラリと光《ひか》りました。

9

パーティの夜《よる》

満月《まんげつ》の夜《よる》。
アミとミアのたんじょう日《び》です。
町中《まちじゅう》が花《はな》でかざられ、
いくつもの花火《はなび》が上《あ》がり、
たのしそうな音楽《おんがく》がきこえてきます。
ドレスにきがえたアミとミアが、
お城《しろ》への道《みち》を歩《ある》いてきました。
「ドキドキするね」
「うん、でもきっとだいじょうぶ」

お城《しろ》の大《おお》ひろまに入《はい》ってきたふたりを見《み》て、
だれもが目《め》をみはりました。

「今夜《こんや》のミアさまのおうつくしいこと」

「なんてすてきなドレス！」

「いっしょにいる女《おんな》の子《こ》はだれでしょう？」

人《ひと》びとがささやきあう中《なか》、ミアはまっすぐに女王《じょおう》さまの前《まえ》へ歩《ある》いていきます。

「お母《かあ》さま、ごしょうかいします。

世界一《せかいいち》のファッションデザイナー、そしてわたしのいちばんの友《とも》だち、アミです」

アミはうれしくて、
びっくりして、
何《なん》と言《い》ったら
いいのか
わかりません。

「お母《かあ》さま、わたし、
大切《たいせつ》なことに気《き》づきました」
女王《じょおう》さまはミアを見《み》て
やさしくうなずきます。
「プリンセスのしごとは人《ひと》びとを
しあわせにすること。
そのためには、おしゃれですてきな
ドレスを作《つく》るだけじゃ
足《た》りなかったんです」

ミアのむねの中《なか》にジュエルの
しあわせそうな笑顔《えがお》がうかびます。
「大切《たいせつ》なのは着《き》る人《ひと》が笑顔《えがお》になって、
自分《じぶん》を大《だい》すきになれるドレスを作《つく》ることでした」
とミアは言《い》いました。
「でも、わたしひとりでは作《つく》れません。
アミといっしょだからできるんです」
女王《じょおう》さまがアミを見《み》つめます。
「あ、あの、わたしもミアといっしょに

ドレスショップではたらかせてください！」
アミが勇気《ゆうき》を出《だ》して大《おお》きな声《こえ》で言《い》うと、
女王《じょおう》さまとお父《とう》さまは顔《かお》を見《み》あわせてほほえみました。
「ミア、あなたは大切《たいせつ》なことに気《き》づいて、
そして足《た》りないものを手《て》に入《い》れたのね。
あなたなら、きっと人《ひと》びとをしあわせにする
ドレス屋《や》さんになれるでしょう」
それから女王《じょおう》さまはアミに頭《あたま》を下《さ》げて言《い》いました。
「アミさん、どうぞよろしくおねがいします」

「やったぁ！」

ふたりは手《て》をとりあってピョンピョンととびはねます。

「わたしたち世界一《せかいいち》のドレス屋《や》さんになりましょうね」

10 アミとミアのドレスショップ

「アミ、おそいよ。早《はや》く、早《はや》く」
その日《ひ》、学校《がっこう》から
帰《かえ》ったアミは大《おお》いそぎで
かがみの中《なか》にとびこみました。
今日《きょう》はふたりのドレスショップが
開店《かいてん》する日《ひ》なのです。
「ドレスショップの
せい服《ふく》もできたわよ」
ふたりがエプロンドレスに

きがえて、お店《みせ》のドアを
あけようとしたときです。
「ちょっとまって！」
アシスタントたちが大《おお》きな
かんばんをかついで
あらわれました。
「ミアのママとパパからの
プレゼントだよ」
かんばんには、女王《じょおう》さまの字《じ》で

しあわせドレスおつくりします
アミとミアのドレスショップ

「しあわせドレスおつくりします
アミとミアのドレスショップ」と書《か》かれていました。

「わあ、わたしの名前《なまえ》も！」

「アミ、これからいっしょにがんばろうね」

「うん、ミアといっしょならどんなことでもできそう」

「わたしも！　アミといっしょなら何《なん》にもこわくないよ」

「わたしたちのドレスで
たくさんの人《ひと》をしあわせにしようね」

お店《みせ》のドアの上《うえ》にかんばんをとりつけて、

さあ、ついに開店《かいてん》です。

「いちばんにやってくるのはどんなお客《きゃく》さまかしら」

ふたりはせのびして、通《とお》りの向《む》こうを見《み》つめました。

TPO《ティーピーオー》って何《なん》だろう？

TPO《ティーピーオー》ってむずかしいことばだね。時間《じかん》（Time《タイム》）、場所《ばしょ》（Place《プレイス》）、ばめん（Occasion《オケージョン》）という意味《いみ》なの。洋服《ようふく》やドレスを、TPO《ティーピーオー》に合《あ》わせてえらぶともっとおしゃれになれるよ！

お店《みせ》のせい服《ふく》

はたらきやすい服《ふく》。
お店《みせ》のふんいきに合《あ》う、
かわいいせい服《ふく》だと、
お客《きゃく》さまも
うれしい！

いつものかっこう

学校《がっこう》に行《い》くときや、
お友《とも》だちとあそぶときの
かっこう。
うごきやすくて
少《すこ》しよごれても
オッケーなかっこうが
よさそう！

ぼうけんに出《で》るときのかっこう

うごきやすくて、
よごれてもいい服《ふく》。
頭《あたま》をまもるぼうしや、
足《あし》をまもるブーツも
あるといいね！

パーティのドレス

みんながドレスを
着《き》てくるような
パーティには、
おもいっきり
おしゃれをして
出《で》かけましょ！

アミとミアのプリンセス・ドレス
かがみの国《くに》のときめきジュエル

文／和田《わだ》 奈津子《なつこ》
絵／七海喜《なみき》 つゆり

2024年2月7日　初版発行

発行者
山下直久

発行
株式会社 KADOKAWA

〒102-8177
東京都千代田区富士見 2-13-3

電話　0570-002-301（ナビダイヤル）

印刷・製本　図書印刷株式会社

デザイン　東妻詩織（primary inc.,）

お問い合わせ
https://www.kadokawa.co.jp/（「お問い合わせ」へお進みください）
※内容によっては、お答えできない場合があります。
※サポートは日本国内のみとさせていただきます。
※Japanese text only

©Natsuko Wada 2024 ©Tsuyuri Namiki 2024
Printed in Japan
ISBN 978-4-04-113002-5　C8093　N.D.C.913　88p　21cm